Il Sutra del Diamante

Copyright © 2024 di Autri Books

Tutti i diritti riservati. Nessuna parte di questa pubblicazione può essere riprodotta, in fotocopia, in registrazione o con altri metodi elettronici o meccanici, senza la preventiva autorizzazione scritta dell'editore, tranne nel caso di brevi citazioni incluse in recensioni critiche e di alcuni altri usi non commerciali consentiti dalla legge sul copyright.

Questa edizione fa parte della "Autri Books Classic Literature Collection" e include traduzioni, contenuti editoriali ed elementi di design che sono originali di questa pubblicazione e protetti dalla legge sul copyright. Il testo di base è di pubblico dominio e non è soggetto a copyright, ma tutte le aggiunte e le modifiche sono protette da Autri Books.

Le pubblicazioni di Autri Books possono essere acquistate per uso didattico, commerciale o promozionale.

Per ulteriori informazioni, contattare:
autribooks.com | support@autribooks.com

ISBN: 979-8-3305-3404-3

Prima edizione pubblicata da Autri Books nel 2024.

Nota dell'Editore

Questa edizione del *Sutra del Diamante* riproduce fedelmente l'intero testo così come era stato originariamente composto, catturando l'essenza profonda di una delle scritture più apprezzate del Buddismo Mahayana. Composta in sanscrito durante il V secolo d.C., quest'opera fondamentale esplora la natura della realtà e la pratica trasformativa del non attaccamento. I suoi insegnamenti sfidano le visioni convenzionali e invitano i lettori a indagare a fondo la vera natura dell'esistenza, sottolineando la natura illusoria dei fenomeni e la ricerca della saggezza ultima.

Strutturato come un dialogo tra il Buddha e il suo discepolo Subhuti, *il Sutra del Diamante* enfatizza l'impermanenza di tutti i fenomeni e l'illusione dell'individualità intrinseca. Al centro del sutra c'è il concetto di vacuità, che afferma che tutte le cose mancano di un'essenza intrinseca e immutabile. Questa comprensione porta alla pratica del non-attaccamento e alla coltivazione della compassione, incoraggiando i lettori a trascendere le apparenze superficiali e a cogliere la natura più profonda della realtà.

Nel corso dei secoli, *il Sutra del Diamante* ha trasceso i confini geografici e linguistici, con numerose versioni che hanno adattato le sue profonde intuizioni spirituali alle diverse culture. Ogni versione ha lo scopo di trasmettere gli insegnamenti del testo in un modo che risuoni con il suo pubblico, preservandone la saggezza di base. Ogni versione è una testimonianza della perdurante rilevanza e adattabilità del messaggio del sutra.

In questa edizione, la chiarezza e la profondità originali di ogni capitolo sono preservate, fornendo ai lettori un collegamento diretto con il testo antico. La fedele rappresentazione degli insegnamenti del sutra offre un'esperienza autentica della sua saggezza, rendendola accessibile ai lettori contemporanei e a coloro che cercano una comprensione più profonda dei suoi principi.

Ogni capitolo del *Sutra del Diamante* si basa sugli insegnamenti precedenti, guidando i lettori attraverso un'intricata esplorazione della saggezza e del sentiero del bodhisattva. Il testo invita i lettori a trascendere le percezioni convenzionali, a coltivare una comprensione profonda e a integrare queste intuizioni nella loro vita.

Possa questa pubblicazione servire come risorsa preziosa, illuminando gli insegnamenti senza tempo del *Sutra del Diamante* e guidando i lettori nel loro viaggio di comprensione e illuminazione. Possano le sue intuizioni ispirare una contemplazione più profonda della natura della realtà e della pratica della saggezza.

Capitolo 1:

La questione della perfezione della saggezza

Così ho udito:

In un'occasione memorabile, il Signore Buddha dimorò nel regno di Shravasti, risiedendo nel boschetto di Jeta, un parco all'interno del dominio imperiale, che Jeta, l'erede al trono, aveva concesso a Sutana, un nobile ministro di Stato noto per i suoi atti di carità e benevolenza.

Ad accompagnare il Signore Buddha c'erano milleduecentocinquanta discepoli mendicanti, tutti i quali avevano raggiunto stadi avanzati di saggezza spirituale.

Mentre si avvicinava l'ora del pasto mattutino, il Signore Buddha, Onorato dei Mondi, indossò la sua veste da mendicante e, portando la sua ciotola per l'elemosina, procedette verso la grande città di Shravasti per mendicare cibo. Entrato in città, andava di porta in porta, ricevendo le offerte benevolmente elargite dal popolo. Dopo aver completato questa sacra pratica, il Signore Buddha ritornò al boschetto di Jeta e prese parte al modesto pasto fornito come elemosina. In seguito, si tolse la veste da mendicante, mise da parte la venerata ciotola per l'elemosina, bagnò i suoi santi piedi e prese l'onorato seggio preparato per lui dai suoi discepoli.

Capitolo 2:

L'esortazione del Buddha

In quell'occasione, il venerabile Subhuti prese posto in mezzo all'assemblea. Alzandosi dal suo posto, con il mantello sistemato in modo da rivelare la spalla destra, Subhuti si inginocchiò sul ginocchio destro e, unendo i palmi delle mani, li sollevò rispettosamente verso il Signore Buddha. Ha detto: "Onorato dei Mondi! Tu, di saggezza trascendente, sostieni e istruisci con grande cura questa illustre assemblea di discepoli illuminati. Onorato dei Mondi! Se un buon discepolo, uomo o donna, aspira a raggiungere la suprema saggezza spirituale, quale Legge immutabile dovrebbe sostenere la mente di un tale discepolo e sottomettere ogni desiderio eccessivo?"

Il Signore Buddha rispose a Subhuti: "Davvero un'ottima domanda! Come avete osservato, io guido e istruisco questa venerata assemblea di discepoli illuminati. Ascoltate attentamente, ed io esporrò una Legge mediante la quale la mente di un buon discepolo, sia uomo che donna, alla ricerca della suprema saggezza spirituale, sarà sostenuta e potenziata per superare tutti i desideri disordinati. Subhuti, contento, indicò la sua approvazione. A quel punto, il Signore Buddha, con maestà e perfetta articolazione, pronunciò il testo di questa Scrittura, dicendo:

10

Capitolo 3:

Il discorso sulla pratica del non-attaccamento

Il Signore Buddha parlò a Subhuti, dicendo: "Con questa saggezza, i discepoli illuminati possono sottomettere ogni desiderio eccessivo. Sia che la vita sorga da un uovo, che nasca dal grembo materno, che emerga dalla deposizione delle uova o che subisca una metamorfosi, indipendentemente dalla forma o dalla coscienza, istintiva o meno, cerca la liberazione da queste varie condizioni di esistenza attraverso la comprensione trascendentale del Nirvana. Così, sarete liberati da un regno infinito, innumerevole e sconfinato di esseri senzienti. Eppure, in realtà, non esiste un regno simile da cui cercare la liberazione. Perché? Perché nella mente dei discepoli illuminati, concetti come entità, essere, essere vivente o personalità hanno cessato di esistere.

Il Signore Buddha continuò: "Inoltre, Subhuti, un discepolo illuminato dovrebbe impegnarsi in atti di carità spontaneamente, non influenzato da fenomeni sensoriali come il suono, l'odore, il gusto, il tatto o la Legge. Subhuti, è essenziale che un discepolo illuminato compia atti di carità indipendenti da tali fenomeni. Perché? Perché, agendo al di là delle forme illusorie dei fenomeni, il discepolo realizzerà un merito incommensurabile e incalcolabile."

14

Capitolo 4:

La perfezione della saggezza

16

Il Signore Buddha chiese a Subhuti: "Che cosa pensi? È possibile misurare la distanza dell'universo sconfinato dello spazio?"

Subhuti rispose: "No, onorato dei mondi! Non è possibile misurare la distanza dell'universo sconfinato dello spazio."

Il Signore Buddha allora disse: "Allo stesso modo, è impossibile misurare il merito di un discepolo illuminato che compie atti di carità, non disturbato dalle influenze illusorie dei fenomeni. Subhuti, questo è il modo in cui dovrebbe essere addestrata la mente di un discepolo illuminato.

18

Capitolo 5:

La natura illusoria dei fenomeni

20

Il Signore Buddha chiese a Subhuti: "Che cosa pensi? Può il Signore Buddha essere percepito distintamente attraverso il suo corpo fisico?"

Subhuti rispose: "No, onorato dei mondi! È impossibile percepire il Signore Buddha attraverso il suo corpo fisico. Perché? Perché ciò che viene definito corpo fisico non è, in verità, semplicemente un corpo fisico."

Il Signore Buddha si rivolse poi a Subhuti: "Subhuti, tutte le forme e le qualità dei fenomeni sono transitorie e illusorie. Quando la mente percepisce che i fenomeni della vita non sono veri fenomeni, allora il Signore Buddha può essere veramente percepito.

Capitolo 6:

La compassione del Bodhisattva

24

Subhuti chiese al Buddha: "Onorato dai Mondi, nelle ere future, quando questa scrittura sarà proclamata, ci saranno esseri tra coloro che sono destinati ad ascoltarla che svilupperanno una fede sincera e pura?"

Il Buddha rispose: "Non preoccuparti di questo! Anche cinque secoli dopo il mio Nirvana, ci saranno molti discepoli che seguiranno i voti monastici e si dedicheranno alle buone azioni. Dopo aver ascoltato questo versetto, questi discepoli abbracceranno la sua natura immutabile e coltiveranno una fede pura e indivisa. È essenziale capire che tale fede non è semplicemente il risultato dei pensieri individuali di ogni singolo Buddha, ma è radicata nell'intuizione collettiva di innumerevoli Buddha attraverso le ere infinite. Così, molti esseri che incontrano questa Scrittura, attraverso una riflessione momentanea, svilupperanno naturalmente una fede pura e santa."

"Subhuti, il Buddha, attraverso la sua lungimiranza, percepisce pienamente questi potenziali discepoli e sa che riceveranno un merito immenso. Perché? Perché le loro menti non saranno intrappolate nei concetti arbitrari di fenomeni come entità, esseri, esseri viventi o personalità, né in qualità o idee associate alla Legge o separate da essa. Se accettassero la permanenza e la realtà dei fenomeni, le loro menti sarebbero impigliate in concetti come entità, esseri,

esseri viventi e personalità. Se presupponessero la permanenza di qualità o idee relative alla Legge, le loro menti sarebbero preoccupate da tali definizioni. Inoltre, se postulassero qualità o idee come aventi un'esistenza indipendente dalla Legge, si troverebbero comunque di fronte alla complessità di questi concetti. Pertanto, i discepoli illuminati non dovrebbero affermare la permanenza o la realtà di qualità o idee legate alla Legge o di quelle esistenti al di fuori di essa.

In questo modo, potete capire il significato delle ripetute istruzioni del Buddha ai suoi seguaci: 'Dovete rendervi conto che la Legge che ho insegnato è come una zattera. Una volta che la zattera ti ha portato sull'altra riva (Nirvana), devi abbandonarla. Quanto più dovresti abbandonare le qualità o le idee che esistono al di fuori della Legge?'"

Capitolo 7:

La pratica del non-attaccamento

Il Buddha chiese a Subhuti: "Che cosa pensi? Il Buddha ha veramente raggiunto la suprema saggezza spirituale? O c'è una dottrina o un sistema specifico che può essere chiaramente definito?"

Subhuti rispose: "Per come ho capito il tuo insegnamento, Onorato dai Mondi, il Buddha non possiede una dottrina o un sistema che possa essere definito esplicitamente. Né il Buddha può articolare una forma di conoscenza che possa essere descritta come suprema saggezza spirituale. Perché? Perché ciò che il Buddha ha trasmesso attraverso gli insegnamenti è al di là della portata dell'espressione convenzionale e trascende la comprensione ordinaria. È un concetto puramente spirituale che non può essere confinato a nessuna Legge specifica o essere associato a qualcosa di diverso dalla verità ultima. Questo illustra come i discepoli saggi e i santi Buddha, ciascuno secondo la propria comprensione intuitiva, abbiano raggiunto vari livelli di realizzazione spirituale.

Capitolo 8:

La trascendenza dei concetti

32

Il Buddha chiese a Subhuti: "Che cosa pensi? Se una persona generosa dovesse dare via un'immensa quantità dei sette tesori, sufficiente a riempire l'intero universo, un tale atto accumulerebbe un merito significativo?"

Subhuti rispose: "In verità, Onorato dei Mondi, ne deriverebbe un merito molto significativo. Perché? Perché ciò che viene descritto va oltre il merito ordinario, e in questo contesto, il Buddha si riferisce ad esso come a un merito 'considerevole'."

Il Buddha allora disse: "Tuttavia, se un discepolo, con vera fede, tenesse in mano anche una sola strofa di questa Scrittura e la insegnasse diligentemente agli altri, il merito acquisito sarebbe ancora maggiore. Perché? Perché Subhuti, i santi Buddha e la Legge attraverso la quale hanno raggiunto la suprema saggezza spirituale derivano tutti dalla verità contenuta in questa sacra Scrittura. Subhuti, quella che viene comunemente definita la 'Legge Buddhica', non costituisce veramente una Legge specifica del Buddha.

Capitolo 9:

La natura degli insegnamenti del Buddha

Il Buddha chiese a Subhuti: "Che cosa pensi? Può un Entratore della Corrente, che è entrato nella Corrente che conduce al Nirvana, pensare tra sé e sé: 'Ho ottenuto i frutti di un Entratore della Corrente'?" Subhuti rispose: "No, Onorato dei Mondi. Perché? Perché 'Stream-enterer' è semplicemente un termine descrittivo che indica qualcuno che è entrato nel flusso. Un tale discepolo evita l'attaccamento alle forme, ai suoni, agli odori, ai sapori, ai tocchi e alle leggi, e quindi è chiamato un Entratore della Corrente.

Il Buddha allora chiese: "Che ne pensi? Può un Colui che ritorna una volta, che è destinato a rinascere solo un'altra volta, pensare tra sé e sé: "Ho ottenuto i frutti di un Colui che ritorna una volta"? Subhuti rispose: "No, Onorato dei Mondi. Perché? Perché "chi ritorna una volta" è semplicemente un termine che indica "un'altra rinascita", ma in realtà non esiste una condizione come "un'altra rinascita." Quindi, 'Once-returner' è semplicemente un titolo descrittivo."

Il Buddha chiese inoltre: "Che cosa ne pensi? Può un Non-Ritornatore, che è libero dalla rinascita, pensare tra sé e sé: 'Ho ottenuto i frutti di un Non-Ritornatore'?" Subhuti rispose: "No, Onorato dei Mondi. Perché? Perché "Non-returner" è semplicemente un termine che indica l'immunità dalla rinascita, ma in realtà non esiste una condizione come "l'immunità dalla rinascita." Quindi, 'Non-returner' è semplicemente una designazione conveniente."

Il Buddha allora chiese: "Che ne pensi? Può un Arhat, che ha raggiunto la completa quiescenza della mente, pensare tra sé e sé: "Ho raggiunto la condizione di un Arhat"? Subhuti rispose: "No, Onorato dei Mondi. Perché? Perché non esiste una condizione reale sinonimo del termine 'Arhat'. Onorato dai Mondi, se un Arhat pensasse: "Ho raggiunto la condizione di un Arhat", ciò implicherebbe una ricorrenza di concetti come un'entità, un essere, un essere vivente o una personalità. Quando hai dichiarato che nell'assoluta quiescenza della mente, nella perfetta osservanza della Legge e nella vera percezione spirituale, ero il preminente tra i discepoli, non ho pensato: "Sono un Arhat liberato dal desiderio." Se avessi pensato: "Ho raggiunto la condizione di un Arhat", non mi avreste lodato come "Subhuti si diletta nelle austerità praticate dall'Aranyaka." In realtà, ero perfettamente quiescente e libero da tali fenomeni; da qui, la descrizione 'Subhuti si diletta nelle austerità praticate dagli Aranyaka'."

Capitolo 10:

Il potere della saggezza

40

Il Buddha si rivolse a Subhuti: "Che cosa pensi? Quando ero un discepolo di Dipankara Buddha in una vita precedente, mi è stata comunicata qualche Legge o dottrina specifica che mi ha permesso di diventare un Buddha?" Subhuti rispose: "No, Onorato dei Mondi. A quel tempo, non ti è stata comunicata alcuna Legge o dottrina specifica che ti ha portato alla tua eventuale Buddità."

Il Buddha allora chiese: "Può un discepolo illuminato pensare tra sé e sé: 'Creerò numerosi regni buddisti'?" Subhuti rispose: "No, Onorato dei Mondi. Perché? Perché qualsiasi creazione del genere non sarebbe veramente un regno buddista; l'idea di creare numerosi regni buddisti è solo una figura retorica."

Il Buddha continuò: "Pertanto, i discepoli illuminati dovrebbero coltivare una mente pura e santa. Non dovrebbero fare affidamento su forme, suoni, odori, sapori, tocchi o leggi. Invece, dovrebbero sviluppare una mente che sia indipendente da qualsiasi condizione materiale."

Il Buddha chiese inoltre a Subhuti: "Se una persona avesse un corpo vasto come il Monte Sumeru, il re delle montagne, considereresti quel corpo grande?" Subhuti rispose:

"Estremamente grande, Onorato dei Mondi. Tuttavia, il Buddha non si riferisce a un corpo fisico, ma alla comprensione concettuale dei corpi; In questo senso, il corpo può essere considerato veramente grande."

Capitolo II:

La pratica dell'altruismo

44

Il Buddha si rivolse a Subhuti: "Se ci fossero fiumi Gange così numerosi come i granelli di sabbia nel Gange, il numero totale di granelli di sabbia sarebbe enorme?" Subhuti rispose: "In verità, Onorato dei Mondi, il numero sarebbe estremamente vasto. I soli fiumi Gange sarebbero innumerevoli, e i granelli di sabbia ancora di più."

Il Buddha allora disse a Subhuti: "Ascolta bene! Se un buon discepolo, uomo o donna, desse in carità un'abbondanza dei sette tesori, sufficiente a riempire tanti mondi sconfinati quanti sono i granelli di sabbia in questi innumerevoli fiumi, il merito di un tale discepolo sarebbe grande?" Subhuti rispose: "Molto grande, Onorato dei Mondi!"

Il Buddha continuò: "Tuttavia, se un buon discepolo, uomo o donna che sia, sostenesse anche una sola strofa di questo Sutra con fede genuina e la spiegasse agli altri, il merito che ne deriverebbe supererebbe di gran lunga il primo."

Capitolo 12:

La realtà ultima

Il Buddha continuò, rivolgendosi a Subhuti: "Ovunque questo Sutra venga recitato, anche se si tratta solo di una singola strofa di quattro versi, quel luogo sarà santificato dalla presenza dell'intero regno degli dei, degli esseri umani e degli esseri celesti, che dovrebbero venerarlo collettivamente come se fosse un santuario sacro al Buddha. Quale lode può esprimere adeguatamente il merito di un discepolo che pratica fedelmente e studia profondamente questo Sutra? Subhuti, dovresti capire che un tale discepolo sarà dotato di poteri spirituali che si allineano con il Dharma supremo, ineguagliabile e più meraviglioso. Ovunque questo sacro Sutra sia preservato, lì il Buddha è presente, insieme ai discepoli che meritano grande rispetto e onore.

50

Capitolo 13:

La pratica della perfezione della saggezza

52

A quel tempo, Subhuti chiese al Buddha: "Onorato dai mondi, con quale nome dovrebbe essere conosciuto questo Sutra in modo che possiamo mostrargli la dovuta riverenza?" Il Buddha rispose: "Subhuti, questo Sutra dovrebbe essere conosciuto come il Sutra del Diamante, 'La Perfezione della Saggezza', attraverso il quale raggiungiamo 'L'Altra Riva'. Dovresti venerarlo con questo nome! Perché? Perché, Subhuti, ciò che viene chiamato 'perfezione della saggezza' con cui raggiungiamo 'l'altra riva' non è in essenza 'perfezione della saggezza' – trascende tutti i concetti di saggezza.

Il Buddha allora chiese a Subhuti: "Pensi che io abbia formulato un preciso sistema di dottrina o legge?" Subhuti rispose: "Onorato dai mondi, il Buddha non ha formulato un preciso sistema di dottrina o di legge."

Il Buddha chiese inoltre: "Che ne pensi, Subhuti? Le particelle di polvere nella miriade di mondi di questo universo sono numerose?" Subhuti rispose: "Sì, Onorato dei Mondi, sono estremamente numerosi."

Il Buddha continuò: "Subhuti, queste 'particelle di polvere' non sono fondamentalmente 'particelle di polvere'; Sono semplicemente chiamate "particelle di polvere." Allo stesso modo, queste "miriadi di mondi" non sono veramente "miriadi di mondi"; sono semplicemente designati come 'miriadi di mondi'."

Il Buddha chiese a Subhuti: "Pensi che io possa essere percepito attraverso le mie trentadue caratteristiche corporee?" Subhuti rispose: "No, Onorato dai mondi, il Buddha non può essere percepito attraverso le sue trentadue caratteristiche corporee. Perché? Perché quelle che vengono chiamate 'trentadue caratteristiche corporee' non sono essenzialmente 'caratteristiche corporee'; sono semplicemente designati come tali."

Il Buddha allora disse: "Se un buon discepolo, maschio o femmina, sacrificasse ogni giorno vite numerose come le sabbie del Gange, e un altro discepolo aderisse con completa fede a una singola strofa di questo Sutra e la spiegasse diligentemente agli altri, il merito intrinseco di quest'ultimo discepolo supererebbe quello del primo."

Capitolo 14:

L'illusione del sé

A quel tempo, il venerabile Subhuti, profondamente commosso dal profondo significato del Sutra e in lacrime, si rivolse al Buddha: "O Onorato, la tua saggezza è veramente trascendente! Il modo in cui hai esposto questo Sutra supremo supera qualsiasi insegnamento precedente che ho incontrato, rivelando una saggezza di eccellenza senza pari. O Onorato, nei tempi futuri, se i discepoli che ascoltano questo Sutra e mantengono una fede pura e riverente riconosceranno la natura transitoria di tutti i fenomeni, il loro merito accumulato sarà straordinariamente profondo. Perché la vera natura dei fenomeni è che non sono veramente fenomeni; sono semplicemente chiamati fenomeni."

"O Onorato, avendo ascoltato questo Sutra senza pari, la fede, la chiara comprensione e il fermo impegno a seguire i suoi precetti seguono naturalmente. Nelle ere future, se i discepoli che ascoltano questo Sutra credono, comprendono e osservano allo stesso modo i suoi insegnamenti, il loro merito susciterà la più alta meraviglia e lode. Questo perché le loro menti avranno trasceso le nozioni di entità, esseri, esseri viventi o personalità. Perché ciò che è considerato un'entità è essenzialmente non-entità, e le idee di esseri, esseri viventi o personalità sono ugualmente nebulose e ipotetiche. Così, i veri illuminati sono indicati come Buddha, avendo scartato tutti questi concetti ingannevoli.

Il Buddha affermò le parole di Subhuti: "Nei tempi futuri, se i discepoli che ascoltano questo Sutra rimarranno imperturbabili dai suoi concetti profondi, imperterriti dai suoi nobili ideali e indisturbati dalle sue grandi aspirazioni, il loro merito intrinseco susciterà anche immensa meraviglia e ammirazione."

"Subhuti, quella che viene definita la prima Paramita (carità) non è in realtà la prima Paramita; è semplicemente chiamata la prima Paramita. Allo stesso modo, la terza Paramita (resistenza) non è in essenza una Paramita; è semplicemente definita una Paramita. Perché? Perché, in una vita passata, quando il Principe di Kalinga ('Kaliradja') stava tagliando la mia carne, ero libero da nozioni come un'entità, un essere, un essere vivente o una personalità. Se non fossi stato libero da tali concetti, sarebbero sorti sentimenti di rabbia e risentimento."

"Subhuti, cinquecento incarnazioni fa, quando praticavo la Kshanti-Paramita, non avevo alcuna nozione di entità, esseri, esseri viventi o personalità. Così, un discepolo illuminato dovrebbe considerare tutti i fenomeni come illusori e irreali. Nell'aspirare alla suprema saggezza spirituale, la mente non dovrebbe essere influenzata da influenze sensoriali o da qualsiasi fenomeno legato al suono, all'odore, al gusto, al tatto o alle leggi. Si dovrebbe coltivare la completa indipendenza mentale, poiché la dipendenza da fattori esterni è un'illusione. Pertanto, il Buddha dichiarò che nel praticare la carità, la mente di un discepolo illuminato non dovrebbe fare affidamento su alcuna forma di fenomeno. Un discepolo illuminato che desidera beneficiare tutti gli esseri dovrebbe compiere atti di carità con questa comprensione.

Il Buddha spiegò inoltre: "Nel dichiarare l'irrealtà dei fenomeni, affermo anche che l'intero regno della vita senziente è transitorio e illusorio."

"Subhuti, gli insegnamenti del Buddha sono veri, affidabili e immutabili. Non sono stravaganti o fantasiosi. Il livello di intuizione raggiunto dal Buddha non può essere descritto in termini di realtà o non-realtà.

"Subhuti, quando pratica la carità, se la mente di un discepolo illuminato non è libera da tutte le leggi, è come qualcuno nella completa oscurità, incapace di vedere nulla. Ma un discepolo illuminato che pratica la carità con una mente indipendente da tutte le leggi è come qualcuno che vede tutto alla luce del giorno con chiarezza."

"Subhuti, nei tempi futuri, se un buon discepolo, maschio o femmina, studia diligentemente e segue il testo di questo Sutra, il Buddha, attraverso la sua saggezza illuminata, percepisce che un tale discepolo accumulerà meriti incommensurabili e illimitati."

Capitolo 15:

La pratica della non-dualità

62

Il Buddha si rivolse a Subhuti, dicendo: "Supponiamo che un discepolo virtuoso, maschio o femmina, offra innumerevoli vite, numerose come le sabbie del Gange, in sacrificio dalla mattina alla sera e continuamente per infiniti eoni. In confronto, se un altro discepolo ascolta questo Sutra e crede fermamente in esso, il merito di quest'ultimo sarebbe di gran lunga maggiore. Eppure, quanto è più grande il merito di un discepolo che copia il testo sacro, osserva i suoi insegnamenti, studia i suoi principi e recita il Sutra per il beneficio degli altri?"

"Subhuti, il significato di questo Sutra può essere riassunto come segue: la sua verità è illimitata; il suo valore è incomparabile; e il suo merito è infinito."

"Questo Sutra è destinato a coloro che sono sul sentiero del Nirvana e a coloro che stanno raggiungendo i più alti livelli di comprensione buddhica. Un discepolo che osserva diligentemente, studia e condivide ampiamente la conoscenza di questo Sutra accumulerà meriti incommensurabili, incomparabili, illimitati e inconcepibili. Un tale discepolo sarà dotato di profonda saggezza buddhica e illuminazione. Perché è così? Perché, Subhuti, se un discepolo è attaccato a un'interpretazione ristretta o esclusiva della Fa, non apprezzerà pienamente gli insegnamenti di questo Sutra, né troverà gioia nello studiarlo, o nello spiegarlo seriamente agli altri. Ovunque questo Sutra sia conservato, dovrebbe essere onorato da tutti gli esseri nel regno spirituale. Dovrebbero venerarla come una sacra reliquia, circondandola cerimoniosamente con offerte di fiori profumati e incenso puro."

Capitolo 16:

La natura dell'illuminazione

Il Buddha proseguì e disse a Subhuti: "Se un discepolo degno, maschio o femmina, è devoto allo studio e alla pratica di questo Sutra, ed è di conseguenza disprezzato o guardato dall'alto in basso dagli altri, è a causa di una grave trasgressione commessa in una vita passata, ora incontrata con una punizione inevitabile. Tuttavia, nonostante sia disprezzato o sottovalutato in questa vita, il merito maturato da tale devozione espierà pienamente le trasgressioni del passato e condurrà il discepolo al raggiungimento della suprema saggezza spirituale.

"Inoltre, Subhuti, molti eoni fa, anche prima dell'apparizione del Dipankara Buddha, ricordo di aver servito e ricevuto insegnamenti da innumerevoli Buddha. La mia condotta a quel tempo era del tutto impeccabile. Tuttavia, in futuro, se un discepolo studia e pratica diligentemente gli insegnamenti di questo Sutra, il merito acquisito supererà di gran lunga il merito che ho maturato servendo quegli innumerevoli Budda. Tale merito non può essere misurato o confrontato con alcuna analogia."

"Inoltre, Subhuti, nelle ere future, se un discepolo degno, maschio o femmina, pratica e studia ampiamente questo Sutra, anche se dovessi descrivere la natura e l'estensione del merito acquisito, gli ascoltatori potrebbero essere sopraffatti o dubitare della sua verità. Subhuti, è essenziale capire che il significato di questo Sutra trascende la comprensione ordinaria, e quindi, la portata delle sue ricompense è ugualmente al di là della nostra capacità di comprenderla pienamente.

Capitolo 17:

La pratica della saggezza e della compassione

A quel tempo, il venerabile Subhuti chiese al Buddha: "Onoratissimo, se un degno discepolo, uomo o donna che sia, desidera raggiungere la suprema saggezza spirituale, quale principio immutabile dovrebbe sostenere la sua mente e sottomettere tutti i desideri eccessivi?"

Il Buddha rispose: "Un discepolo degno, uomo o donna che sia, dovrebbe allenare la propria mente come segue: 'Devo diventare ignaro di tutti i concetti della vita senziente. Essendo divenuto ignaro di tutti i concetti di vita senziente, non c'è nessuno per il quale il concetto di vita senziente sia diventato ignaro. Perché? Perché, Subhuti, se un discepolo illuminato si aggrappa a concetti come entità, essere, essere vivente o personalità, non ha raggiunto la suprema saggezza spirituale. E perché? Perché, Subhuti, non c'è alcun principio in base al quale si possa definire che un discepolo abbia raggiunto la suprema saggezza spirituale.

Il Buddha allora chiese a Subhuti: "Che cosa pensi? Quando ero un discepolo di Dipankara Buddha, c'è stato qualche principio che mi è stato trasmesso attraverso il quale ho raggiunto la suprema saggezza spirituale?" Subhuti rispose: "No, Onoratissimo. Per quanto ho capito i tuoi insegnamenti, quando eri un discepolo di Dipankara Buddha, non ti è stato dato alcun principio attraverso il quale hai raggiunto la suprema saggezza spirituale.

Il Buddha ha confermato: "In verità, non c'è alcun principio attraverso il quale ho raggiunto la suprema saggezza spirituale. Subhuti, se un tale principio fosse esistito, Dipankara Buddha non avrebbe predetto alla mia iniziazione: "Nelle ere future, diventerai Sakyamuni Buddha." In realtà, non esiste un principio mediante il quale si ottiene la suprema saggezza spirituale. Così, il Buddha Dipankara predisse che sarei diventato il Buddha Sakyamuni. Perché? Perché, nel termine 'Buddha', ogni principio è completamente e chiaramente racchiuso."

"Se un discepolo afferma che il Buddha ha raggiunto la suprema saggezza spirituale, si deve affermare che non esiste alcun principio attraverso il quale questo stato mentale possa essere realizzato. La suprema saggezza spirituale raggiunta dal Buddha non può essere definita come reale o irreale nella sua essenza. Pertanto, il Buddha dichiarò che il termine comunemente usato "Legge buddhica" comprende tutti i principi morali e spirituali. Subhuti, quelli che sono ordinariamente chiamati 'sistemi di Legge' non sono veramente 'sistemi di Legge'; sono semplicemente chiamati 'sistemi di legge'."

Il Buddha allora chiese a Subhuti: "Riesci a immaginare una persona con un grande corpo fisico?"

Subhuti rispose: "Onoratissimo, quando si discute delle proporzioni di un corpo fisico, non hai affermato alcuna vera grandezza, quindi è semplicemente definito 'un grande corpo'."

Il Buddha continuò: "Allo stesso modo, se un discepolo illuminato dicesse: 'Devo diventare ignaro di tutte le idee della vita senziente', non potrebbe essere descritto come pienamente illuminato. Perché? Perché non c'è alcun principio in base al quale un discepolo possa essere considerato 'pienamente illuminato'. Così, il Buddha dichiarò che all'interno del regno della Legge spirituale, non c'è né entità, né essere, né essere vivente, né personalità.

Il Buddha disse inoltre: "Se un discepolo illuminato dicesse: 'Creerò molti regni buddisti', non potrebbe essere considerato 'pienamente illuminato'. Perché? Perché, quando ho discusso della "creazione di numerosi regni buddisti", non ho affermato l'idea di creare regni materiali; quindi, la "creazione di numerosi regni buddisti" è semplicemente una figura retorica. Subhuti, un discepolo illuminato, è veramente considerato come 'pienamente illuminato' la cui mente è completamente imbevuta della Legge della non-individualità.

Capitolo 18:

La trascendenza della forma

76

Il Buddha chiese a Subhuti: "Che cosa pensi? Il Buddha possiede l'occhio fisico?"

Subhuti rispose: "Onoratissimo, il Buddha possiede veramente l'occhio fisico."

Il Buddha chiese: "Che ne pensi? Il Buddha possiede l'occhio divino o spirituale?"

Subhuti rispose: "Onoratissimo, il Buddha possiede veramente l'occhio divino o spirituale."

Il Buddha chiese: "Che ne pensi? Il Buddha possiede l'occhio della saggezza?"

Subhuti rispose: "Onoratissimo, il Buddha possiede veramente l'occhio della saggezza."

Il Buddha chiese: "Che ne pensi? Il Buddha possiede l'occhio della verità?"

Subhuti rispose: "Onoratissimo, il Buddha possiede veramente l'occhio della verità."

Il Buddha chiese: "Che ne pensi? Il Buddha possiede l'occhio buddhico?"

Subhuti rispose: "Onoratissimo, il Buddha possiede veramente l'occhio buddhico."

Il Buddha chiese: "Che ne pensi? Riguardo alle sabbie del Gange, ho forse dichiarato che sono granelli di sabbia?"

Subhuti rispose: "Onoratissimo, tu li hai dichiarati granelli di sabbia."

Il Buddha chiese: "Che ne pensi? Se ci fossero tanti fiumi del Gange quanti sono i granelli di sabbia nel Gange, e se ci fossero tanti regni di Buddha quanti sono i granelli di sabbia in quei fiumi, questi regni di Buddha sarebbero numerosi?"

Subhuti rispose: "Onoratissimo, questi regni di Buddha sarebbero estremamente numerosi."

Il Buddha continuò: "All'interno di questi innumerevoli regni, ogni forma di vita senziente con i suoi vari stati mentali è pienamente nota al Buddha. E perché? Perché quelli che ho definito i loro "vari stati mentali" non sono veramente "vari stati mentali"; Sono semplicemente chiamati 'vari stati mentali'. Perché? Perché, Subhuti, gli stati mentali o i modi di pensare, siano essi legati al passato, al presente o al futuro, sono fondamentalmente irreali e illusori.

Capitolo 19:

Il ruolo del Bodhisattva nel mondo

Il Buddha chiese a Subhuti: "Che cosa pensi? Se un discepolo ottenesse tutti i tesori di questo universo e li desse via come atto di carità, egli stesso accumulerebbe in tal modo una notevole quantità di meriti?"

Subhuti rispose: "Onoratissimo, un tale discepolo accumulerebbe davvero una quantità considerevole di meriti."

Il Buddha allora disse a Subhuti: "Se il merito avesse una qualità reale o permanente, non lo descriverei come 'considerevole'. È perché il merito non ha alcuna essenza tangibile o materiale che mi riferisco al merito maturato da un tale discepolo come 'considerevole'."

82

Capitolo 20:

La pratica del Dharma

Il Buddha chiese a Subhuti: "Che cosa pensi? Il Buddha può essere percepito attraverso la sua forma fisica perfetta?"

Subhuti rispose: "Onoratissimo, è improbabile che il Buddha possa essere percepito attraverso la sua forma fisica perfetta. Perché? Perché ciò che viene definito una "forma fisica perfetta" non è veramente una "forma fisica perfetta"; è semplicemente chiamata una 'forma fisica perfetta'."

Il Buddha allora chiese a Subhuti: "Che cosa pensi? Il Buddha può essere percepito attraverso qualche fenomeno fisico?"

Subhuti rispose: "Onoratissimo, è improbabile che il Buddha possa essere percepito attraverso qualsiasi fenomeno fisico. Perché? Perché quelli che vengono definiti "fenomeni fisici" non sono veramente "fenomeni fisici"; sono semplicemente chiamati 'fenomeni fisici'."

Capitolo 21:

L'obiettivo finale del Bodhisattva

88

Il Buddha si rivolse a Subhuti: "Non pensare che il Buddha consideri dentro di sé: 'Ho bisogno di stabilire un sistema di Legge o di dottrina'. Non avere pensieri così irrilevanti! Perché? Perché se qualcuno dovesse affermare che il Buddha ha stabilito un sistema di Legge o di dottrina, starebbe travisando il Buddha, chiaramente fraintendendo l'essenza dei miei insegnamenti. Subhuti, per quanto riguarda l'istituzione di un 'sistema di Legge o dottrina', non esiste in realtà un tale 'sistema di Legge o dottrina' da stabilire; è semplicemente chiamato 'sistema di legge o dottrina'."

A quel punto, il virtuoso e venerabile Subhuti chiese al Buddha: "Onorissimo, nelle ere future, gli esseri senzienti che ascoltano questa Legge svilupperanno gli elementi essenziali della fede?"

Il Buddha rispose: "Subhuti, non si può affermare che questi siano esseri senzienti, né che non siano esseri senzienti. Perché? Perché, Subhuti, riguardo agli "esseri senzienti", il Buddha ha dichiarato che essi non sono veramente "esseri senzienti"; sono semplicemente definiti 'esseri senzienti'."

Capitolo 22:

La pratica della vacuità

Subhuti chiese al Buddha: "Onoratissimo, il Buddha, nel raggiungere la suprema saggezza spirituale, ha acquisito qualcosa di natura reale o tangibile?"

Il Buddha rispose: "Nel raggiungere la suprema saggezza spirituale, non si ottenne nulla della Legge o della dottrina, e perciò si chiama 'suprema saggezza spirituale'."

Capitolo 23:

Il ruolo degli insegnamenti del Buddha

Il Buddha si rivolse a Subhuti: "Questa Legge è unificata e indivisibile; Non è né 'sopra' né 'sotto', e per questo è chiamata 'suprema saggezza spirituale'. Esclude concetti come entità, essere, essere vivente o personalità, ma comprende tutti i principi relativi alla pratica della bontà. Subhuti, quelli che vengono definiti "principi relativi alla bontà" non sono, in realtà, veramente "principi relativi alla bontà"; sono semplicemente etichettati come tali."

Capitolo 24:

La pratica della perfezione della saggezza in azione

Il Buddha si rivolse a Subhuti: "Se all'interno di questo vasto universo, i sette tesori fossero riuniti insieme per formare un numero di grandi mucchi numerosi come le montagne di Sumeru, e questi tesori fossero dati via interamente come atto di carità, e se un discepolo dovesse scegliere una singola strofa da questa Scrittura, attenersi rigorosamente ad essa, e spiegarlo diligentemente agli altri, il merito che ne deriva supererebbe di gran lunga il merito dell'atto precedente a tal punto che non può essere misurato o confrontato con alcuna analogia."

Capitolo 25:

La trascendenza della comprensione convenzionale

Il Buddha si rivolse a Subhuti: "Che cosa pensi? Dovreste voi, come discepoli, credere che il Buddha pensa tra sé e sé: "Io porto la salvezza ad ogni essere vivente"? Subhuti, non avere pensieri così fuorvianti! Perché? Perché, in verità, non ci sono esseri viventi ai quali il Buddha possa portare la salvezza. Se esistessero tali esseri viventi, ciò implicherebbe che il Buddha accetta la realtà di concetti come entità, essere, essere vivente e personalità. Subhuti, ciò che viene definito "entità" non è veramente un'entità; È percepito e creduto come un'entità solo da persone comuni e non addestrate. Subhuti, coloro che sono tipicamente chiamati 'persone ordinarie, non addestrate' sono, in realtà, semplicemente 'ordinari e non addestrati'."

Capitolo 26:

La natura della mente del Buddha

Il Buddha chiese a Subhuti: "Il Buddha può essere percepito attraverso le sue trentadue caratteristiche fisiche?"

Subhuti rispose: "Sì, il Buddha può essere percepito attraverso le sue trentadue caratteristiche fisiche."

Il Buddha poi continuò: "Se fosse veramente possibile percepire il Buddha attraverso queste trentadue caratteristiche fisiche, allora il Buddha sarebbe semplicemente paragonabile a uno dei grandi re che girano la ruota."

Subhuti rispose: "Onoratissimo, secondo la mia comprensione dei tuoi insegnamenti, è improbabile che il Buddha possa essere percepito attraverso le sue trentadue caratteristiche fisiche."

Il Buddha pronunciò poi questo profondo verso:

"Non posso essere percepito attraverso alcuna forma visibile,

Né cercava attraverso alcun suono udibile;

Coloro che camminano nella via dell'ingiustizia

Non riesco a percepire la benedizione del Buddha."

Capitolo 27:

La pratica del non-attaccamento nella vita quotidiana

Il Buddha disse a Subhuti: "Se dovessi pensare a te stesso: 'Il Buddha non ha raggiunto la suprema saggezza spirituale attraverso la sua perfetta forma fisica', o se dovessi pensare: 'Raggiungendo la suprema saggezza spirituale, il Buddha ha dichiarato la dissoluzione di tutte le leggi', non intrattenere tali pensieri ingannevoli, Subhuti! E perché? Perché quei discepoli che raggiungono la suprema saggezza spirituale non pretendono la dissoluzione di alcuna legge o la distruzione di alcuna caratteristica distintiva dei fenomeni.

Capitolo 28:

Il ruolo della saggezza nel superare l'ignoranza

Il Buddha si rivolse a Subhuti: "Se un discepolo illuminato, attraverso la pratica della carità, dovesse donare una grande quantità dei sette tesori, che ammontano a riempire mondi numerosi come i granelli di sabbia nel Gange, e se un altro discepolo, comprendendo che la Legge non riconosce alcuna esistenza individuale inerente, eccelle nella virtù della pazienza, Quest'ultimo discepolo avrebbe accumulato un merito maggiore. Perché è così? Perché i discepoli illuminati non si preoccupano delle nozioni di 'ricompensa o merito'."

Subhuti allora chiese al Buddha: "Onoratissimo, in che modo i discepoli illuminati non sono influenzati dal concetto di 'ricompensa o merito'?"

Il Buddha rispose: "I discepoli illuminati non cercano ricompense basate sui loro meriti per desiderio; pertanto, non sono completamente influenzati da considerazioni di 'ricompensa o merito'."

Capitolo 29:

La pratica dell'azione compassionevole

Il Buddha si rivolse a Subhuti: "Se un discepolo afferma che il Buddha arriva o se ne va, si siede o si sdraia, è chiaro che tale persona non ha afferrato il significato dei miei insegnamenti. Perché è così? Perché il concetto di 'Buddha' non implica che venga da qualsiasi luogo o che vada da nessuna parte. Pertanto, il termine 'Buddha' è usato in questo contesto."

122

Capitolo 30:

La natura dell'illuminazione del Bodhisattva

Il Buddha si rivolse a Subhuti: "Se un discepolo virtuoso, maschio o femmina, prendesse innumerevoli mondi e li riducesse a minuscole particelle di polvere, cosa pensi, Subhuti? Il totale di tutte quelle particelle di polvere sarebbe considerato grande?"

Subhuti rispose: "Onoratissimo, il totale di tutte quelle particelle di polvere sarebbe davvero estremamente grande. Perché? Perché, se tutte queste fossero state veramente "minuscole particelle di polvere", il Buddha non si sarebbe riferito a loro come tali. Perché? Perché, quando si parla di 'minuscole particelle di polvere', il Buddha ha dichiarato che queste non sono veramente 'minuscole particelle di polvere'; sono semplicemente etichettati come 'minuscole particelle di polvere'."

Subhuti si rivolse quindi al Buddha: "Onoratissimo, ciò di cui il Buddha ha parlato come 'mondi infiniti' non sono in realtà 'mondi infiniti'; Sono semplicemente chiamati "mondi infiniti." Perché? Perché se questi fossero veramente "mondi infiniti", implicherebbe l'esistenza di un'unità e di un'eternità della materia. Tuttavia, il Buddha ha insegnato che non c'è né 'unità' né 'eternità della materia'; quindi, è semplicemente chiamato 'unità ed eternità della materia'."

Il Buddha disse allora a Subhuti: "Credere nell'unità o nell'eternità della materia è un malinteso; Solo gli individui comuni, con una mentalità mondana, spinti da visioni materialistiche, sono attratti da questa nozione."

Capitolo 31:

La pratica della perfezione della saggezza nel mondo

Il Buddha si rivolse a Subhuti, dicendo: "Se un discepolo dovesse affermare che il Buddha insegna che la mente può veramente afferrare il concetto di un'entità, di un essere, di un essere vivente o di una personalità, cosa pensi, Subhuti? Un tale discepolo comprenderebbe correttamente i miei insegnamenti?"

Subhuti rispose: "Onoratissimo, un tale discepolo non comprenderebbe correttamente i tuoi insegnamenti. Perché? Perché, Onoratissimo, quando si discutono concetti come entità, essere, essere vivente e personalità, si dichiara che questi sono del tutto irreali e illusori. Sono semplicemente definiti così."

Il Buddha poi continuò: "Coloro che cercano di raggiungere la suprema saggezza spirituale dovrebbero comprendere, credere e interpretare i fenomeni in questo modo. Dovrebbero liberare le loro menti da qualsiasi attaccamento a prove tangibili di oggetti visibili. Subhuti, riguardo agli 'oggetti visibili', è dichiarato dal Buddha che questi non sono veramente 'oggetti visibili'; sono semplicemente definiti come 'oggetti visibili'."

Capitolo 32:

L'istruzione finale

132

Il Buddha si rivolse a Subhuti: "Se un discepolo, maschio o femmina, dovesse donare tesori incommensurabili, inclusi i sette preziosi gioielli, come atto di carità, e un altro discepolo, che ha cercato la più alta saggezza spirituale, scegliesse un verso di quattro righe da questa scrittura, lo osservasse diligentemente, lo studiasse e lo spiegasse agli altri, il merito accumulato da quest'ultimo sarebbe di gran lunga maggiore di quello del primo."

"Come dovrebbe essere spiegato agli altri? Non si dovrebbe presumere la permanenza o la realtà dei fenomeni mondani, ma si dovrebbe farlo con una mente perfettamente serena e in riposo. Perché? Perché i fenomeni della vita sono come un sogno, un fantasma, una bolla, un'ombra, una rugiada o un lampo, e dovrebbero essere contemplati come tali."

Quando il Buddha ebbe finito di insegnare questa scrittura, Subhuti, insieme ai monaci, alle monache, ai seguaci laici e a tutti gli esseri, sia umani che spirituali, furono pieni di grande gioia. Si impegnarono a praticarlo e poi se ne andarono.

134

Riassunto dei contenuti

Capitolo 1: La questione della perfezione della saggezza

La narrazione si svolge in un'ambientazione in cui il Buddha si rivolge a una vasta assemblea di monaci e bodhisattva. Nel suo scambio con il discepolo Subhuti, sorgono domande riguardanti la natura della pratica di un bodhisattva e il percorso per raggiungere la perfezione della saggezza. Il Buddha introduce il tema centrale del sutra: la vera saggezza implica il trascendere l'attaccamento a se stessi, agli altri e ai risultati delle azioni. Questa introduzione stabilisce il quadro per un'esplorazione profonda di queste idee, evidenziando che la vera saggezza non riguarda concetti fissi ma la percezione della vacuità intrinseca di tutti i fenomeni.

Capitolo 2: L'Esortazione del Buddha

Il Buddha fornisce istruzioni dettagliate su come un bodhisattva dovrebbe praticare la perfezione della saggezza. Sottolinea che questa pratica dovrebbe essere libera dall'attaccamento a nozioni come "sé", "dono" o "destinatario." Anche la generosità dovrebbe essere esercitata senza aggrapparsi a questi concetti. Questo insegnamento rafforza l'idea che la vera saggezza implica vedere oltre le distinzioni convenzionali e comprendere la vacuità di tutti i fenomeni. Le azioni del bodhisattva dovrebbero essere guidate dalla saggezza e dalla compassione, non dal guadagno personale o dal riconoscimento.

Capitolo 3: Il discorso sulla pratica del non-attaccamento

L'attenzione si concentra sull'applicazione pratica del non-attaccamento nella pratica del bodhisattva. Il Buddha spiega che le azioni dovrebbero essere compiute senza attaccamento a nozioni fisse di sé o di risultati. Anche la pratica delle virtù dovrebbe essere eseguita con una comprensione della vacuità, assicurandosi che le azioni non siano guidate da desideri o aspettative personali. Riconoscere la natura illusoria del sé e dei fenomeni è fondamentale per coltivare la vera saggezza e compassione.

Capitolo 4: La perfezione della saggezza

Il Buddha continua a discutere le qualità e le pratiche essenziali per raggiungere la perfezione della saggezza. Egli insegna che le azioni di un bodhisattva dovrebbero essere libere dall'attaccamento a se stessi, agli altri o ai risultati delle loro azioni. Ciò rafforza il concetto che la saggezza implica il riconoscimento della vacuità di tutti i fenomeni e l'evitare l'attaccamento a qualsiasi forma o concetto. La pratica della generosità e della virtù dovrebbe riflettere questa comprensione.

Capitolo 5: La natura illusoria dei fenomeni

Il Buddha esplora la natura illusoria di tutti i fenomeni, spiegando che le apparenze ingannano e che l'attaccamento ad esse causa sofferenza. Gli insegnamenti sottolineano che un bodhisattva dovrebbe trascendere le visioni convenzionali e riconoscere la vacuità di tutti i fenomeni. Questa comprensione aiuta a dissolvere gli attaccamenti e favorisce una visione più profonda della natura della realtà.

Capitolo 6: La compassione del Bodhisattva

Il Buddha sottolinea il ruolo cruciale della compassione sul sentiero del bodhisattva. La vera compassione emerge naturalmente dalla realizzazione della vacuità e si esprime attraverso azioni altruistiche a beneficio degli altri. Gli insegnamenti sottolineano che la compassione e la saggezza sono interdipendenti, con una comprensione più profonda dell'interconnessione di tutti gli esseri che migliora la propria pratica di compassione.

Capitolo 7: La pratica del non-attaccamento

Il non-attaccamento viene ulteriormente esplorato, con una guida su come il bodhisattva dovrebbe affrontare vari aspetti della vita e della pratica. Le azioni e le virtù dovrebbero essere compiute senza aggrapparsi a nozioni fisse di sé o di risultati. Questo approccio aiuta a trascendere le distinzioni superficiali e coltiva una saggezza più profonda.

Capitolo 8: La trascendenza dei concetti

Viene affrontata la necessità di trascendere i concetti convenzionali e il pensiero dualistico. La vera saggezza richiede di andare oltre le distinzioni ordinarie come l'esistenza e la non esistenza, il sé e l'altro. Superando queste strutture concettuali, il bodhisattva può sperimentare direttamente la vera natura della realtà.

Capitolo 9: La natura degli insegnamenti del Buddha

Vengono esaminati la natura e lo scopo degli insegnamenti. Questi insegnamenti hanno lo scopo di guidare i praticanti verso una realizzazione diretta della vacuità e della vera natura della realtà. Sono presentati come strumenti per raggiungere una comprensione e una realizzazione più profonda del Dharma.

Capitolo 10: Il potere della saggezza

Viene esplorato il potere trasformativo della saggezza, sottolineando la sua capacità di superare l'ignoranza e la sofferenza. Realizzare la vacuità porta profonda intuizione e liberazione, consentendo al bodhisattva di agire con saggezza e compassione.

Capitolo 11: La pratica dell'altruismo

Viene esaminata la pratica dell'altruismo, evidenziando che le azioni dovrebbero essere eseguite senza guadagno personale o attaccamento. Guidate da una profonda comprensione della vacuità, le azioni altruistiche sono essenziali per raggiungere la vera saggezza e compassione.

Capitolo 12: La realtà ultima

Viene esplorato il concetto di realtà ultima, rivelando che trascende tutte le distinzioni e le concettualizzazioni dualistiche. Vivere la realtà come pura e incondizionata è essenziale per la liberazione dalla sofferenza e dall'ignoranza.

Capitolo 13: La pratica della perfezione della saggezza

La pratica della perfezione della saggezza viene rivisitata, concentrandosi su come il bodhisattva dovrebbe coltivare costantemente la saggezza attraverso la comprensione della vacuità.

Sottolinea che questa pratica deve rimanere salda e libera dall'attaccamento a risultati o risultati specifici.

Capitolo 14: L'illusione del sé

Viene esaminata l'illusione del sé, evidenziando che la credenza in un sé permanente è una fonte primaria di sofferenza. Comprendere la vacuità del sé aiuta a dissolvere gli attaccamenti e favorisce una compassione e una saggezza più profonde.

Capitolo 15: La pratica della non-dualità

Viene esplorata la pratica della non-dualità, con particolare attenzione a come le distinzioni tra sé e l'altro, tra esistenza e non-esistenza, siano in ultima analisi illusorie. Trascendendo il pensiero dualistico, il bodhisattva può sperimentare l'unità fondamentale di tutti i fenomeni.

Capitolo 16: La natura dell'illuminazione

L'illuminazione è ritratta come una realizzazione dinamica della vera natura della realtà. Implica la comprensione continua e l'incarnazione della saggezza, piuttosto che uno stato fisso o statico.

Capitolo 17: La pratica della saggezza e della compassione

Questo capitolo sottolinea che la saggezza e la compassione sono interdipendenti nel sentiero del bodhisattva. La vera realizzazione implica non solo la comprensione della vacuità, ma anche l'agire con sincero interesse per gli altri.

Capitolo 18: La trascendenza della forma

Questa parte esplora la trascendenza della forma, evidenziando che tutte le forme sono vuote e l'attaccamento ad esse porta alla sofferenza. Sottolinea che la comprensione della vacuità della forma aiuta a superare le distinzioni superficiali e a raggiungere una visione più profonda.

Capitolo 19: Il ruolo del Bodhisattva nel mondo

Viene esplorato l'impegno del bodhisattva con il mondo, sottolineando che le azioni dovrebbero essere guidate dalla saggezza e dalla compassione. L'obiettivo è quello di beneficiare tutti gli esseri, riconoscendo la vacuità di tutti i fenomeni.

Capitolo 20: La pratica del Dharma

La pratica del Dharma viene elaborata, sottolineando che si estende oltre i semplici insegnamenti a un'esperienza vissuta di comprensione e incarnazione della vacuità. Si tratta di integrare questi principi nella vita quotidiana.

Capitolo 21: L'obiettivo finale del Bodhisattva

Viene esplorato l'obiettivo finale del sentiero del bodhisattva, sottolineando che il raggiungimento dell'illuminazione implica la realizzazione della vera natura della realtà e l'assistenza agli altri nel raggiungere questa realizzazione a beneficio di tutti gli esseri.

Capitolo 22: La pratica della vacuità

Viene discussa la pratica della vacuità, sottolineando che la comprensione e l'incarnazione della vacuità sono fondamentali per il sentiero del bodhisattva. Realizzare la vacuità aiuta a superare gli attaccamenti e le illusioni, portando a una profonda saggezza.

Capitolo 23: Il ruolo degli insegnamenti del Buddha

Viene trattato il ruolo degli insegnamenti del Buddha nel guidare i praticanti verso l'illuminazione, evidenziando il loro scopo nell'approfondire la comprensione della vacuità e nel promuovere la coltivazione della saggezza e della compassione.

Capitolo 24: La pratica della perfezione della saggezza in azione

Viene fornita una guida sulla pratica della perfezione della saggezza in azione, sottolineando che il bodhisattva dovrebbe integrare la realizzazione della vacuità in ogni aspetto della vita, agendo con altruismo e compassione.

Capitolo 25: La trascendenza della comprensione convenzionale

L'esplorazione del trascendere la comprensione convenzionale evidenzia che la vera saggezza richiede di andare oltre i concetti ordinari e il pensiero dualistico. L'intuizione della natura della realtà implica il superamento di queste distinzioni.

Capitolo 26: La natura della mente del Buddha

La descrizione della mente del Buddha come intrinsecamente pura e libera da illusioni sottolinea che la realizzazione di questa vera natura porta all'illuminazione e a una comprensione più profonda della vacuità.

Capitolo 27: La pratica del non-attaccamento nella vita quotidiana

L'applicazione del non-attaccamento nella vita quotidiana viene esplorata con una guida pratica sull'integrazione di questi principi nelle attività quotidiane. Sottolinea che la vera pratica implica l'agire senza aggrapparsi a risultati specifici.

Capitolo 28: Il ruolo della saggezza nel superare l'ignoranza

Viene discusso il ruolo della saggezza nel superare l'ignoranza, con particolare attenzione a come dissipa le illusioni e porta all'illuminazione. Lo sviluppo della saggezza è evidenziato come essenziale per trascendere le incomprensioni e cogliere la vera natura della realtà.

Capitolo 29: La pratica dell'azione compassionevole

L'azione compassionevole viene esplorata, sottolineando che dovrebbe essere guidata dalla saggezza e dalla comprensione della vacuità. La vera compassione nasce naturalmente dalla realizzazione dell'interconnessione e della natura della vacuità.

Capitolo 30: La natura dell'illuminazione del Bodhisattva

La natura dell'illuminazione del bodhisattva è descritta come una profonda realizzazione della realtà e una dedizione ad assistere tutti gli esseri nel raggiungimento dell'illuminazione. Questa illuminazione comporta un continuo processo di approfondimento e incarnazione della saggezza.

Capitolo 31: La pratica della perfezione della saggezza nel mondo

Viene esplorata la pratica della perfezione della saggezza nel mondo, sottolineando l'integrazione della vacuità e del non attaccamento nella vita quotidiana. La vera pratica implica l'applicazione della saggezza a tutti gli aspetti della vita e dell'azione.

Capitolo 32: L'istruzione finale

Vengono offerte riflessioni conclusive sugli insegnamenti del Sutra del Diamante, riaffermando l'importanza di comprendere la vacuità e praticare il non attaccamento. I praticanti sono incoraggiati a perseverare nel loro percorso con dedizione e saggezza.